버둥버둥 스키 수업

SEOUL, 2008

버둥버둥 스키 수업

초판 제1쇄 발행일 2008년 12월 15일
초판 제41쇄 발행일 2022년 3월 20일
글 알랭 M. 베르즈롱 그림 이민혜 옮김 이정주
발행인 박헌용, 윤호권 발행처 (주)시공사
주소 서울시 성동구 상원1길 22, 6-8층 (우편번호 04779)
대표전화 02-3486-6877 팩스(주문) 02-585-1247
홈페이지 www.sigongsa.com/www.sigongjunior.com

ISBN 978-89-527-8642-5 74860
ISBN 978-89-527-5579-7 (세트)

*시공사는 시공간을 넘는 무한한 콘텐츠 세상을 만듭니다.
*시공사는 더 나은 내일을 함께 만들 여러분의 소중한 의견을 기다립니다.
*잘못 만들어진 책은 구입하신 곳에서 바꾸어 드립니다.

KC마크는 이 제품이 공통안전기준에 적합하였음을 의미합니다.
제조국 : 대한민국   사용 연령 : 8세 이상
책장에 손이 베이지 않게, 모서리에 다치지 않게 주의하세요.

버둥버둥
스키 수업

 알랭 M. 베르종 글 · 이민혜 그림 · 이정주 옮김

시공주니어

| 차 례 |

1장
'주으면'이 아니야……

엄마가 속옷은 깨끗해야 한다고 늘 말했어요.
혹시 교통사고라도 당해 병원 응급실에 실려 갈지도
모르니까요. 오늘 난 토끼와 당근이 그려진 팬티를
입었어요. 형광색이라 눈에 확 띄어요. 그래도 아기
곰 무늬 팬티가 아니라서 얼마나 다행인지 몰라요.
그 팬티를 입었다면, 의사 선생님과 간호사 선생님

앞에서 창피해서 고개도 못 들었을 거예요. 지금 난
다리에 깁스를 하고 병원에 있거든요. 엄마 아빠와
동생 이사벨이 내 옆에 와 있어요.

이사벨이 간절한 눈빛으로 물었어요.

"오빠 주으면, 내가 오빠 주스 다 마셔도 돼?"

"'주으면'이 아니라 '죽으면'이야."

엄마가 침대에 걸터앉으면서 이사벨의 말을
고쳐 줬어요.

아빠가 의자를 끌어다 앉으면서 말했어요.

"우리 도미니크가 왜 죽어? 죽지 않아. 그냥 발목이
부러진 거야."

"치, 나도 스키 탈래. 병원에 누워서 주스 마시고
싶어…… 목말라!"

이사벨이 투정을 부렸어요.

엄마는 이사벨의 주의를 딴 데로 돌리려고 펜을
쥐여 주며 내 깁스에 그림을 그리라고 했어요.

이사벨은
눈을
반짝이며
말했어요.
"오빠, 요 딱딱한
껍질 속에 있는 부러진 발목
말이야. 조금 있으면 예쁜 파란
나비로 변해서 나오겠다, 그렇지?"
"내 발목은 애벌레가 아니야,
이사벨."
　이 말도 안 되는 대화는 간호사 선생님이
들어오면서 끊겼어요.
　"와! 와! 주사기 아줌마다! 오빠 주사 맞는 거지?"
　이사벨은 바늘이 내 몸을 뚫고 들어가는 것을 볼
생각에 신 나서 폴짝거렸어요.
　간호사 선생님은 겁먹은 내 눈빛을 보고는 날

안심시켰어요. 나에게 한쪽 눈을 찡긋거리며
이사벨에게 말했지요.

"선생님은 오빠가 안 '주었나' 보러 온 거야……."

이사벨이 또 물었어요.

"나 오빠 주스 마셔도 돼요?"

난 한숨을 쉬며 이사벨에게 주스 컵을 내밀었어요.
동생은 단숨에 주스를 벌컥벌컥 들이켰어요.

"이 애벌레 같으니라고!"

"동생한테 그게 무슨 말이니?"

엄마가 나무랐어요.

"치, 애벌레는 오빠야!"

이사벨은 혀를 쑥 내밀었어요.

아빠가 말했어요.

"그만들 해라. 그래, 어쩌다가 다친 거니? 그 얘기
좀 해 봐라."

"그게 저……."

2장
괴상한 합창

딱- 딱- 딱- 딱- 딱- 딱- 딱!

훌쩍- 훌쩍- 훌쩍- 훌쩍- 훌쩍- 훌쩍!

나는 옆에 앉은 자비에에게 물었어요.

"훌쩍…… 자비에 보리외, 너 추워? 아니면 무서운 거야? 훌쩍……."

그사이 나는 코를 두 번이나 훌쩍였어요.

녀석은 날카로운 목소리로 빠르게 대답했어요.

"딱딱딱! 추워서 무서운 거야. 딱딱딱!"

그사이 이빨을 여섯 번이나 딱딱거렸지요.

내 뒤에 앉은 앙토니가 떠들었어요.

"빙빙 돌려서 말하지 마. 너 스키 때문에
겁먹었잖아."

우리 반 아이들을 태운 학교 버스가 스키장에 가고
있어요. 우리 담임선생님인 쥬느비에브 선생님은
이달의 특별 수업으로 스키 수업을 떠올렸어요.

앙토니가 킬킬거렸어요.

"그래도…… 이번 수업에서는 우리가 좀
조용해지겠다. 얌전해지는 법은 배우겠어."

난 오늘 몸이 좋지 않아요. 지독한 감기에
걸렸거든요! 그래서 온종일 코를 풀어 댔어요. 코를
풀 때마다 나팔 소리가 났지요.

"뿌우우우!"

친구들이 웃음을 터뜨렸어요. 버스 운전기사
아저씨도요. 아저씨는 경적을 빵빵 울리며
웃었어요.

난 날 불쌍하게 쳐다보는 친구들에게 설명했어요.
"감기가 안 나아서 그래!"

내 앞에 앉은 소피 라로슈가 말했어요.

"그럼 병원에 가야지. 네 코 좀 봐. 꼭 수도꼭지
같아. 콧물이 줄줄 흘러."

난 이 수도꼭지를 잠글 수가 없다고 힘없이
말했어요.

"그럼 배관공을 찾아가야지."

앙토니는 한술 더 떴어요.

그래도 휴지가 있어서 다행이에요. 오늘 하루는 잘
버틸 수 있을 거예요. 차라리 따뜻한 집에서 쉴걸
그랬나 봐요.

우리 반 아이들 대부분처럼 나도 스키를 타 본 적이
한 번도 없어요. 선생님이 스키 수업을 하자고 했을
때, 우리는 우리의 스키 실력을 두고 얘기했어요.
하지만 선생님은 스키 타기 전에 강습을 받으니까
걱정하지 말라고 했어요.

자비에는 갑자기 목소리를 내리깔며 자기 사촌
파트릭 얘기를 했어요. 그 애는 지난겨울에 스키를
타다 다리가 부러졌는데 석 달이나 깁스를 했대요.

자비에는 그 장면을 떠올리며 키득거렸어요.

"나중에 깁스를 풀었는데, 다리가 완전히
쪼그라들고…… 털이 수북이 난 거 있지!"

난 전혀 웃기지 않았어요.

"야, 둠둠, 네가 스키를 타다 넘어지면 '쿵쿵'
하지 않고 '둠둠' 소리가 날 거야!"

앙토니는 날 안심시키려고 내 어깨를 토닥였어요.
둠둠은 내 별명이에요.

딱딱…… 훌쩍훌쩍…… 둠둠…… 딱딱!

이렇게 괴상한 합창은 또 없을 거예요…….

3장
어떻게 쓰는 거예요?

우리는 버스에서 내리자마자 기겁할 장면을
맞닥뜨렸어요.

"조심해요! 비켜요!"

"거참, 시작 한번 좋네."

나는 앙토니에게 한숨을 쉬며 말했어요. 그러고는
코를 세게 풀었어요.

앞에 있던 소피 라로슈가 토할 것 같은 표정을
지었어요. 난 고개를 숙이며 미안하다고
우물거렸어요. 그 바람에 또 콧물이 질질 흘렀어요.

구급 대원 아저씨들이 들것을 차에 싣고 문을
거칠게 닫자, 자비에는 아까보다 심하게 이빨을
딱딱거렸어요.

"느낌이 안 좋아."

자비에는 눈처럼 새하얗게 질려서 울먹였어요.
무섭긴 나도 마찬가지였어요…….

선생님은 우리를 스키 장비 대여소로 데려갔어요.
우리는 줄을 서서 차례대로 스키 신발과 폴(스키 탈 때
쓰는 기다란 막대기:옮긴이)과 스키를 받았어요.
자비에는 장비를 다 받았는데도 움직일 줄을
몰랐어요.

선생님이 물었어요.

"뭐가 부족하니?"

"사용법이요. 이거 어떻게 쓰는 거예요?"

자비에는 세상에서 가장 심각한 표정으로 물었어요.

여기저기서 웃음이 터지자, 녀석은 두리번거리며
말했어요.

"왜? 내 말이 어때서? 내가 뭐라고 했다고?"

장비를 받은 우리들은 스키 신발을 신으러 넓은
방으로 갔어요.

"끈이 어디 있어? 내 신발에는 끈이 없어! 돈 돌려줘!"

앙토니는 탁자에 올라서서 큰 소리로 툴툴댔어요.

그 말에 아이들이 웃음을 터뜨렸어요. 자비에만 빼고요.

"왜? 쟤 말이 어때서? 저 녀석이 뭐라고 했는데?"

앙토니는 친구들을 웃긴 것으로 만족해서 바닥에 폴짝 뛰어내렸어요.

나도 스키 신발을 신었어요. 그런데 신발을 신으려고 고개를 숙였더니 콧물이 더 질질 흘렀어요. 그것도 앙토니가 말해 줘서 알았어요. 난 녀석에게 얼른 휴지 좀 달라고 부탁했어요.

"차라리 난로를 옆에 끼고 있어!"

이십 분 뒤, 우리 반 아이들은 모두 스키 타러 갈 준비를 마쳤어요. 그러니까 우리들의 고생은 이게 끝이 아니었어요!

진짜 산으로!

　밖으로 나간다는 건 진짜 고생이 시작되었다는 뜻이에요. 묵직한 스키 신발을 신고 걷자니 보통 일이 아니었어요! 이런 건 우리가 첫걸음마를 뗄 때 가르쳐 줬어야죠!

　우리는 발을 앞으로 내디딜 때마다 흔들흔들 엉덩이춤을 췄어요. 꼭 펭귄 떼가 걷는 것 같았어요.

난 조금이라도 중심을 잡아 보려고 우스꽝스럽게
두 팔을 휘적거렸어요. 거기다 폴과 스키도 잘 쥐고
있어야 했어요. 난 스키를 타기도 전에 벌써 힘이
빠지고 말았어요.

　그래도 우리는 큰 소동을 일으키지 않고 무사히
밖으로 나가는 데 성공했어요. 날은 추웠지만, 바람이
불지 않아서 추위는 견딜 만했어요.

　쥬느비에브 선생님은 아이들을 다시 불러 모았어요.
나는 우리 앞에 펼쳐진 내리막길을 뚫어지게
바라봤어요. 스키와 스노보드를 타는 꼬마들이
있었어요. 모두 신 나 보였어요. 희한하게도 잔뜩
겁먹었던 마음이 스르르 풀렸어요. 조금은 기대가 되고
설레기까지 했어요.

　나는 자비에게 괜찮을 것 같다고 귀띔했어요.

　"이건 산이 아니야…… 그냥 언덕이네!"

　녀석도 인정하며 고개를 끄덕였어요.

"학교 언덕길 정도지."

소피 라로슈가 정확하게 말했어요.

소피는 우리의 눈길을 더 오른쪽으로 향하게
했어요. 거기에 진짜 산이 있었어요……. 난
식은땀이 나며 다리 힘이 쫙 풀렸어요. 자비에는
아까보다 심하게 이빨을 딱딱거렸어요.

스무여 개의 스키 코스가 있는 깎아지른 듯한
산이 우리 앞에 떡 버티고 있었어요. 산이 얼마나
거대한지 한눈에 다 들어오지도 않았어요. 심지어
산꼭대기는 구름을 간질였어요! 에베레스트 산은
여기에 비하면 동산일 거예요.

선생님은 학교 버스에 온종일 숨어 있으려는 나와
자비에를 붙잡고 달래느라 진땀을 뺐어요.

우리를 보고 가만있을 앙토니가 아니지요. 녀석은
우리를 보고 한마디 했어요.

"뭐, 이 정도 가지고 얼고 그래!"

5장
리프트에는
텔레비전이 없다

이젠 정말 농담이 아니에요. 우리는 태어나서
처음으로 저 위에 올라가 스키를 탈 거예요. 스키를
타면 지옥으로 떨어지는 기분일 거예요!

우리는 네 명이 앉을 수 있는 리프트를 탔어요.
앙토니와 소피는 이빨을 딱딱거리는 자비에와 코를
훌쩍이는 나를 리프트 가운데에 두고 앉았어요.

앙토니가 아쉬운 듯이 말했어요.

"텔레비전만 있으면 딱인데!"

안전바가 내려오고 리프트가 산꼭대기를 향해 출발하는 동안, 나는 숨을 꾹 참았어요.

소피가 어른스럽게 말했어요.

"밑을 보지 마. 금방 도착할 테니까 걱정하지 마."

"밑에 뭐가 있는데? 하늘? 으악!"

자비에가 비명을 질렀어요.

난 밑을 보지 않으려고 애썼는데, 나도 모르게 녀석처럼 보고야 말았어요. 에잇, 보지 말았어야 했는데. 세상에, 땅에서 족히 십 미터는 떨어져 있어요.

자비에가 울상을 지었어요.

"우린 지금 땅에서 일 킬로미터는 떨어진 허공에 있어. 여기서 다이빙하면 끝내주겠다. 나 떨어지면 어쩌지……"

앙토니가 손목시계를 쳐다보며 대꾸했어요.

"아니야, 떨어지려면 아직 멀었어!"

나는 어질어질 머리가 어지러웠어요……. 콧물은

계속 질질 흘렀어요. 난 밑에 신경을 쓰지 않으려고

벙어리장갑을 벗고, 잠바 주머니에서 휴지를 꺼내

코를 풀었어요.

"뿌우우우! 뿌우우우!"

"눈사태다!"

자비에가 소리를 질렀어요. 그러면서 자기도
모르게 내 옆구리를 툭 쳤어요. 그 바람에 내

벙어리장갑이 떨어지고
말았어요! 장갑은 점점
작아지고 작아지더니 까마득한
눈밭에 박혀 파란 점이 됐어요.
나는 버럭 화를 냈어요.
"야, 자비에 보리외, 뭐 하는 짓이야?
"너 때문이야! 네 코 푸는 소리에 놀랐잖아! 그리고

벙어리장갑은 나처럼 실로 연결했어야지! 그래야 안 잃어버리잖아!"

오히려 자비에가 더 큰소리였어요. 난 다짜고짜 녀석의 모자를 벗겨서 밑으로 던졌어요.

"뭐 하는 짓이야! 도미니크 아벨 씨, 이건 아니잖아! 내 귀가 얼어서 떨어지면 책임질 거야?"

자비에도 바락 성을 냈어요.

"하긴 귀가 없으면 웃음소리도 못 듣겠다. 안경도 못 쓰고."

앙토니는 계속 까불었어요.

"미안해, 자비에…… 내가 열 받아서 잠깐 정신을 잃었나 봐……."

"정신을 잃은 게 아니지. 넌 장갑을 잃었고, 자비에는 모자를 잃었지."

앙토니가 고쳐 줬어요.

소피는 한숨을 푹푹 쉬며 배낭을 뒤적이더니 하나

더 가져온 장갑 한 짝을 내밀었어요. 계집애들이나
좋아하는 빨간 장갑이에요! 나는 억지웃음을
지으며 고맙다고 했어요.

　나는 마지못해 받았어요.

　"뭐, 이럴 필요까지는 없는데."

　앙토니가 키득거렸어요.

　"야, 너한테 딱이다!"

　소피가 말했어요.

　"조금 있다가 장갑 찾으러 가 보자."

　앙토니가 말했어요.

　"산도깨비가 가져가지 않았으면 그대로 있겠지."

　소피는 자비에한테 빨간 목도리를 줬어요. 춥지
않게 귀에 대고 있으라고요.

　그런데 이걸로도 모자랐나 봐요. 불길하게도
리프트가 멈추고 말았어요!

6장
하늘과 땅 사이에서

우리는 산꼭대기로 가는 중간 지점에서 이십 분째 허공에 매달려 있어요. 바람까지 불어 리프트가 불안하게 흔들렸어요. 난 무서운 생각을 떨쳐 낼 수가 없었어요.

앙토니는 거침없이 떠들어 댔어요.

"이제 눈만 오면 되겠네!"

"야! 허튼소리 그만해! 네가 불행을 부르고
있잖아!"

자비에는 발끈했어요.

하지만 불행을 되돌리기에는 너무 늦었어요……
하늘에서 눈송이들이 펄펄 내리기 시작했어요.

"이게 다 앙토니 발루아 너 때문이야!
딱딱딱딱딱딱!"

하지만 앙토니는 들은 체 만 체하며 호주머니를
뒤적였어요.

"뭘 찾아?"

"빨대. 여기에 한참 있을 테니까 빨대로 제비뽑기를
해야지."

앙토니는 심각한 말투로 대답했어요.

"왜?"

소피는 궁금하다기보다 재미있다는 듯이 물었어요.

난 굳이 대답을 듣고 싶지 않았어요. 자비에도 이미

예상을 하고서 손으로 귀를 틀어막고 소리를 질렀어요.

"아아아아아아……."

"왜냐고?"

앙토니는 소피의 말을 따라 하며 자비에한테 들리도록 목청을 높여 대답했어요.

"여기서 며칠을 보낼 테니까 제비뽑기를 해서 가장 짧은 빨대를 뽑은 녀석부터 잡아먹어야지! 연장은 누가 가져왔더라?"

소피가 볼록한 내 배를 만지작거리며 말했어요.

"그럼 우리는 운이 좋은 편이네. 음식은 추운 데서 잘 상하지 않잖아."

난 얼굴을 찌푸리며 말했어요.

"야! 야! 야! 라로슈 아줌마, 농담 그만해!"

자비에는 와들와들 떨면서 말했어요.

"우리는 굶어 죽기 전에 얼어 죽을 거야."

앙토니는 내가 이렇게 코를 질질 흘리면 코가

없어지겠다고 농담을 했어요. 맞아요. 그럴지도
몰라요. 난 코가 떨어져서 아까 떨어진
벙어리장갑과 만나는 장면을 머릿속에 그려 봤어요.
적어도 내 코는 내 손이 닿는 곳에 있을 거예요…….
　녀석은 계속 지껄였어요.
　"넌 꼭 이집트 스핑크스 같을 거야. 털모자 쓴
스핑크스!"

앙토니는 여유롭게 기지개를 켜며 늘어지게
하품을 했어요. 그러고는 몸을 이리저리 비틀더니
가장 편안한 자세를 잡았어요. 그리고 만족한 듯이
눈을 감았어요.

"겨우내 이러고 있을 테니까 그동안 겨울잠이나
자야겠다. 잘 자!"

그 순간 리프트에서 가볍게 엔진 돌아가는 소리가
났어요. 다시 풍경이 펼쳐졌어요. 우리가 움직이고
있어요! 자비에는 안도의 숨을 크게 내쉬었어요.
녀석은 친구들한테 잡아먹히고 싶지 않았거든요!
앙토니도 눈을 떴어요.

오 분 뒤, 우리는 정상에 도착했어요. 앞서 도착한
친구들과 쥬느비에브 선생님이 우리를 기다리고
있었어요. 선생님은 스키를 배우기 전에 저 아래
펼쳐진 아름다운 풍경을 감상하라고 했어요. 이런
광경은 처음 봐요. 나무들이 온통 새하얀 눈과

서리로 뒤덮여 있었어요. 숨이 멎을 정도로
아름다웠어요…….

자비에가 외쳤어요.

"야! 저 밑에 스키장 옆에 있는 학교 버스 좀 봐!"

학교 버스가 얼마나 작아 보이는지 몇몇 친구들은
알아보지도 못했어요. 여기서 수천 킬로미터는
떨어져 있는 것 같아요…….

앙토니는 들떠서 외쳤어요.

"와, 여긴 스키 상급반인가 봐! 이렇게 높은 데서
배우다니……."

나는 불안해서 덜덜 떨었어요.

"탈 수 있기나 하면 좋겠다."

"둠둠, 이왕 타는 거 폼 나게 시작하면 좋잖아."

구급차가 저 아래 스키장에 도착했어요.

구급 대원 아저씨들이 다음 환자가 생길 걸 알았나
봐요…… 그게 나인지도 몰라요!

7장
드디어 스키를 타다

　쥬느비에브 선생님이 우리를 곁으로 불러
모았어요. 스키 선생님한테서 간단하게 기본자세를
배울 거래요. 선생님은 겁먹지 말라고 자비에를
달랬어요. 자비에는 텔레비전에서 본 산악
프로그램에서처럼 암벽에 금이 가고 눈사태가
일어날까 봐 달달 떨고 있었거든요.

쥬느비에브 선생님이 물었어요.

"스키 강습에 앞서 맨 먼저 알아야 할 게 있는데, 뭘까?"

앙토니가 또 자신 있게 엉뚱한 대답을 했어요.

"응급실이 어디에 있는지부터 알아야 해요!"

선생님이 답을 말했어요.

"너희들에게 스키를 가르쳐 주실 선생님이야. 자, 소개할게. 마르탱 꾜당 선생님이야."

스키 선생님의 이름을 들은 아이들의 눈길이 죄다 앙토니에게 쏠렸어요.

앙토니는 무안해서 어깨를 으쓱였어요.

"그래, 맞아. 그래도 난 저런 말장난은 안 해……."

쥬느비에브 선생님은 한숨을 쉬며 물었어요.

"뭐? 말장난?"

"아니, 아니에요. 얼른 꾜당 선생님한테 배워요."

우리들은 웃음을 터뜨렸어요. 턱에 수염이 난 스키

선생님은 우리 선생님이랑 나이가 비슷해 보였는데,
이름으로 놀림을 수없이 받았는지 무덤덤한
표정이었어요.

꽈당 선생님이 입을 열었어요.

"자, 이제 시작해 볼까……."

꽈당 선생님은 스키를 언제 어디서나 잘 다스릴 줄
아는 게 중요하다고 설명했어요. 말만 들으면 쉬워
보였어요. 하지만 발이 말을 안 들으면 어떻게
하지요?

"맨 먼저, 가장 쉬운 것부터 가르쳐 줄게. 눈을
밀면서 나간 뒤 S 자를 그리면서 내려가는 거야.
직접 타 보면 그렇게 어렵지 않아. 저 아래 평평한
곳까지 선생님을 따라와 봐."

스키 선생님이 맨 먼저 출발했어요. 이어
쥬느비에브 선생님, 소피 라로슈, 그리고 다른
아이들이 줄줄이 따랐어요. 앙토니와 자비에와 나는

미적거리며 가위바위보로 누가 먼저 출발할지
정하자고 했어요.

"무효야! 무효! 무효라고!"

우리는 순서를 정할 수가 없었어요. 두툼한
벙어리장갑을 끼고 있어서 가위인지, 바위인지,
보인지 알 수가 없었거든요. 담임선생님이 빨리
내려오라고 해서 우리는 하는 수 없이 친구들을
뒤따랐어요.

처음에는 구불거리는 긴 뱀처럼 S 자를 그리며
내려가려고 했어요. 하지만 자비에의 S 자는 점이
없는 I 자, 혹은 가로 작대기가 없는 T 자가 됐어요.

"으악! 브레이크가 어디 있어?"

"반대로 힘을 줘!"

앙토니가 소리 질렀어요.

자비에는 선생님이 가르쳐 준 S 자는 무시하고
그냥 일자로 쭉쭉 내려갔어요. 용케 아무하고도

부딪치지는 않았어요. 자비에는 멈추려고 앞으로
꽈당 넘어졌어요. 스키 한 짝이 벗겨진 채 몇 미터를
쭉 미끄러져 갔어요. 자비에는 낑낑대며 일어서더니
흔들흔들 춤을 췄어요. 옷 속으로 스며든 차가운
눈을 툭툭 털어 내려고요.
　뒤따라온 앙토니가 놀렸어요.

"정말 한심하다."

자비에는 울상을 지었어요.

"이러다 폐렴 걸려 죽겠어."

한편 나는 S 자도, I 자도, T 자도 아닌 X 자를 만들었어요. 팔은 그럭저럭 웬만큼 됐는데, 발은 뜻대로 되지 않았어요. 스키가 서로 만나더니 떨어질 줄을 몰랐어요. 그러다 순간, 네 개의 쇠막대기가 공중에 붕 떴어요!

네, 맞아요, 난 엉덩방아를 찧었어요! 엉덩이로 눈을 밀면서 쭉쭉 내려갔지요. 아까는 맨 뒤에 처져 있어서 풀이 죽었는데, 지금은 내가 친구들을 제치며 앞서 나갔어요.

'넘어지는 건 인간이고, 다시 일어서는 건 신이다.'

이 속담이 스키에서 나왔나 봐요. 난 좀체 일어나지 못했어요. 눈밭에 벌러덩 누워서 팔다리를

버둥거리는 꼴이 꼭 뒤집힌 거북이 같았어요.
이러다가는 햇빛에 말라 죽을지도 몰라요. 다행히
소피 라로슈가 신처럼 나타나 날 일으켜 세웠어요.

8장
환상의 숲으로

스키 선생님이 휘파람을 불었어요.

"잊지 마! S 자야!"

이게 스키 수업인지, 영어 수업인지 모르겠어요.

앙토니가 퉁명스럽게 말했어요.

"S 자는 선생님한테나 쉽죠. 우린 아니에요, 쨔당 선생님!"

선생님은 웃음을 터뜨렸어요.

"아니야, 너희들도 충분히 할 수 있어."

난 어깨를 으쓱이며 다시 탔어요. 천천히,
안전하게. 이게 앞으로 내 좌우명이 될 거예요. 저
아래 이 주 뒤에 도착하더라도 괜찮아요. 그저
팔다리가 제자리에 붙어 있기만 하면 좋겠어요!

그래도 스키 모자를 써서 다행이에요. 모자가 코와
고글 위로 말려 올라가기는 했지만, 내가 누군지는
아무도 모를 거예요! 내 자존심만큼은 지킬 수 있을
거예요.

어떤 여자애가 쌩 지나가면서 격려했어요.

"포기하지 마, 도미니크!"

어떤 남자애가 휙 내려가면서 말했어요.

"이따 보자, 도미니크!"

내가 다섯 번째 넘어졌을 때, 앙토니가 짐짓
걱정스레 물었어요.

"또 쿵쿵이야, 둠둠? 너 완전히 맛이 갔구나…… 내 손가락이 몇 개인지 보여?"

"어…… 두 개?"

"야, 이 녀석 큰일이네! 손가락은 다섯 개지!"

"하지만 넌 벙어리장갑을 끼었잖아!"

난 겨우겨우 일어나 다시 스키를 탔어요.

"어이, 도미니크! 그렇게 넘어지면 엉덩이에 불나지 않냐?"

어떤 남자애가 거만한 말투로 빈정거렸어요.

에이 씨, 다음에는 이름을 없애 버리고 탈 거예요. 그래도 난 제법 타기 시작했어요. 완벽한 S 자는 아니었지만 Z 자와는 비슷했어요. 그건 별로 중요하지 않아요.

난 자비에 보리외처럼
일자로 쭉 내려가지
않으려고 안간힘을
썼어요.

　마르탱 꽈당
선생님은 지정된
코스가 가장 쉬우니까 그 코스를 벗어나지 말라고
했어요. 몇몇 아이들은 다른 사람들과 섞여서 보이지
않다가 다른 길로 가 버렸어요. 소피는 우리에게
'환상의 숲'에 가 보자고 부추겼어요. 드디어 내
능력을 시험해 보게 되었어요. 우리는 현수막에
그려진 어린이 그림을 보고서 그 길로
들어섰어요…… 마녀의 과자 집에 들어간 헨젤과
그레텔의 심정이 어땠을지 알 것 같아요! 우린
완전히 함정에 빠졌어요! 밖에서는 환상적인 숲처럼
보였는데, 정작 들어와 보니 나무와 나뭇가지밖에

없었어요. 눈길을 끌 만한 건 아무것도 없었어요!

"비키세요! 비키세요!"

자비에는 나무들이 자기 말을 알아듣기라도 하는 듯이 손을 휘저으며 꽥꽥 소리를 질렀어요!

난 자꾸 다리에 깁스를 하고 병원에 누워 있는 방정맞은 생각이 들어서 고개를 흔들었어요. 게다가 좁고 가파른 길 곳곳에 작은 골짜기들이 있어 더 타기가 무서웠어요. 난 목숨이라도 건지려고 지정된 스키 코스로 이어지는 지름길로 빠졌어요. 휴, 살았어요! 다시는 그런 멍청한 짓은 안 할 거예요…….

다시 스키 코스로 나오니 사람들이 많았어요. 마치 쉬는 시간 종이 친, 학교 복도에 있는 것 같았어요. 하도 정신이 없어서 누가 이 어지러운 상황을 좀 정리해 줘야 할 것 같아요. 몇몇 아이들은 우리가 스키 초보라는 걸 알고 조심스럽게 비켜 갔어요. 반대로 어떤 아이들은 짓궂게 굴었어요. 스노보드를 탄 녀석은 날 위험하게 스쳐 지나갔어요.

"아저씨, 비켜!"

녀석은 날 무시하는 듯이 소리쳤어요.

저 쪼끄만 녀석한테 무시를 당하다니. 보아하니

내 동생 이사벨처럼 네 살이나 다섯 살

정도밖에 안 돼 보이는데 말이에요.

이사벨이 저 건방진 녀석이랑 같은

유치원에 다닌다면, 쉬는 시간에 확 물어

버리라고 시킬 거예요.

난 약이 올라서 큰 소리로 쏘아붙였어요.

"그래 봤자, 넌 네발자전거나 타는 코흘리개야!"

소피가 우리에게 자비에 보리외가 안 보인다고 소리쳤어요. 그때 갑자기 스키 한 짝이 우리 앞을 휙 지나쳐 쑥 내려갔어요.

앙토니가 외쳤어요.

"또 온다!"

뭔가 허전한데…… 그때 막 자비에가 신 나게 소리지르며 나타났어요!

녀석은 스키 신발만 신은 채 미끄러져 내려왔어요. 무지하게 재미나 보였어요. 왜 아니겠어요?

우리도 미련 없이 스키를 벗어 던지고, 두 발로 서서 멋지게 내려갔어요. 넘어지지 않고 무사히요!

뒷이야기

 자, 내 이야기는 끝났어요. 이사벨이 옆 침대
환자의 마지막 포도 주스 한 모금을 꿀꺽 삼켰어요.
아빠는 의아한 표정을 지었어요.
 "얘기에서 뭔가 빠진 것 같은데. 네 발목이
부러졌잖아. 스키를 또 탄 거야?"
 "네, 두 번요……."

엄마가 말했어요.

"그러니까 스키 타다가 다쳤구나!"

이사벨이 빈 주스 잔을 들고 와 칭얼댔어요.

"다른 층에 '주은' 사람 없어? 나 그 주스 마시고 싶어! 목말라!"

난 난감한 표정을 지으며 스키 수업 때문에 다친 게 아니라고 엄마 아빠에게 털어놨어요. 내 첫 스키 수업이 그렇게 잘 끝난 건 아니거든요.

난 두 발로 서서 무사히 하루를 마친 것만으로도 흡족했어요. 그 순간 긴장이 풀어진 거예요…….

"학교로 돌아와 버스에서 내리는데…… 빙판인 줄 모르고 성큼 내리다가 이렇게 됐어요!"

"세상에, 저런! 네 스키의 계절은 시작하자마자 끝이 났구나."

엄마가 쯧쯧거렸어요.

그때 앙토니와 자비에가 병문안을 왔어요.

이사벨이 자비에를 보자마자 와락 달려들어 자비에는
엉덩방아를 쿵 찧고 말았어요. 이사벨은 자비에 얼굴
한가득 뽀뽀를 쪽쪽 해 댔어요.

"자자, 오빠. 어버 줘!"

이사벨은 키득거리면서 "어버 줘!"라고 쉴 새 없이
외치며 사방을 콩콩 뛰어다녔어요.

앙토니는 나한테 위로를 뜻하는 카드를 내밀었어요.
문방구에 빨리 나으라고 비는 카드가 없었대요.

"혹시 일부러 그런 건 아니지, 둠둠? 학교를
빼먹으려면 다른 핑계를 찾지 그랬어? 머리에 이가
생겼다든가 말이야. 그게 더 낫지 않아?"

그 말에 난 머리를 긁적였어요.

자비에는 이사벨을 등에 업고서 내 깁스한 다리를
보며 말했어요.

"네 다리도 쪼그라들고, 털이 수북이 나겠다……
빨리 보고 싶어!"

이 터무니없는 말에 엄마 아빠의 입이 쫙
벌어졌어요. 우리 엄마 아빠의 놀란 표정을 보고
자비에는 말을 더듬으면서 해명했어요.

"아, 아니요! 제 말은 그게 아니라…… 털은……
다리는…… 쪼그라든다고…… 그러니까 깁스를
풀면요!"

내가 나서서 자비에를 구해 줬어요.

"내 다리는 작아지지도, 털이 수북해지지도 않을 거야. 깁스는 한 달 뒤쯤 풀 거래."

자비에는 자기가 우리 엄마 아빠라도 된 듯 안심하며 말했어요.

"야, 그것 참 잘됐다."

"야, 진짜 잘됐다, 둠둠…… 다음 특별 수업 전까지는 나을 수 있는 거잖아."

앙토니는 실실 웃었어요.

내가 그게 무슨 말인지 묻기도 전에 녀석이 으하하 웃으면서 말했어요.

"다음 특별 수업은…… 스카이다이빙이래!"

작가의 말

저도 맨 처음 스키를 탔을 때, 폼 나게 잘 타지는 못했어요. 사실은 참 끔찍했지요! 마치 도미니크와 자비에를 합쳐놓은 것 같았어요!

전 산으로 올라가는 리프트에 탈 때부터 오들오들 떨었어요. 그 산이 꼭 에베레스트 산처럼 어마어마하게 보였거든요.

초보자 코스인데도, 내려오는 데 거의 한 시간이나 걸렸어요. 넘어지고, 일어나고, 또 넘어지고, 일어나기를 수없이 되풀이했지요. 기다란 스키는 왜 자꾸 X 자로 꼬이는지. 제 마음과는 달리 숲으로 들어가기까지 했어요.

용케 아래까지 내려오기는 했지만, 전 완전히 녹초가 되고 말았어요. 그리고 그제야 제 실수를 깨달았어요.

미리 스키 강습을 받았어야 했는데……

아니면 스노보드를 타 볼걸 그랬나 봐요……

알랭 M. 베르즈롱

옮긴이의 말

《지퍼가 고장 났다!》,《주사기가 온다》의 주인공 도미니크가 이번에는 스키를 타러 산에 갔어요. 도미니크와 떼려야 뗄 수 없는 친구들, 앙토니와 자비에도 물론 함께예요. 태어나서 처음 타 보는 스키라 도미니크는 고생이 이만저만이 아니에요. 무사히 하루를 마쳤지만, 다리에 깁스를 하고 병원에 누워 있게 된 도미니크의 사연은 끝까지 웃음을 전해 주지요.

도미니크와 친구들의 이야기에는 언제나 특유의 익살이 있어요. 곳곳에 예상치 못한 웃음 폭탄이 있어 우리말로 옮기다 키득거렸던 적이 한두 번이 아니에요. 닥친 일이 두려워서 벌벌 떨고 우스꽝스러운 행동도 곧잘 하지만, 도미니크는 언제나 일을 멋지게 처리해요. 여러분도 곤란한 일이 있어도 자신감을 잃지 말고 조금씩 밀고 나가세요. 결국 자기들만의 스키 타는 법을 찾아낸 도미니크와 친구들처럼요!

이정주